親愛的鼠迷朋友，
　　歡迎來到老鼠世界！

謝利連摩·史提頓

Geronimo Stilton

《鼠民公報》
辦公室

賴皮
（謝利連摩的表弟）

班哲文
（謝利連摩的姪兒）

謝利連摩・史提頓

菲
（謝利連摩的妹妹）

老鼠記者 84

竹林極救隊

IL TESORO DI VALLE VALGATTA

作　　　者：Geronimo Stilton　謝利連摩・史提頓
譯　　　者：陸辛耘
責任編輯：胡頌茵
中文版封面設計：陳雅琳
中文版美術設計：羅益珠　劉蔚
出　　　版：新雅文化事業有限公司
　　　　　　香港英皇道499號北角工業大廈18樓
　　　　　　電話：(852) 2138 7998
　　　　　　傳真：(852) 2597 4003
　　　　　　網址：http://www.sunya.com.hk
　　　　　　電郵：marketing@sunya.com.hk
發　　　行：香港聯合書刊物流有限公司
　　　　　　香港新界大埔汀麗路36號中華商務印刷大廈3字樓
　　　　　　電話：(852) 2150 2100　傳真：(852) 2407 3062
　　　　　　電郵：info@suplogistics.com.hk
印　　　刷：C & C Offset Printing Co., Ltd
　　　　　　香港新界大埔汀麗路36號
版　　　次：二〇一七年二月初版
　　　　　　二〇一九年四月第三次印刷
版權所有 • 不准翻印
全球中文版版權由Edizioni Piemme 授予

http://www.geronimostilton.com
Based on an original idea by Elisabetta Dami.
Art Director: Iacopo Bruno
Cover by Andrea Da Rold and Christian Aliprandi
Graphic Designer: Andrea Cavallini / theWorldofDOT (Adapted by Sun Ya Publications (HK) Ltd.)
Illustrations of initial and end auxiliary pages: Roberto Ronchi, Ennio Bufi MAD5, Studio Parlapà and Andrea Cavallini |
Map: Andrea Da Rold and Andrea Cavallini
Story illustrations: Daniela Geremia, Matteo Giachi, Danilo Loizedda, Robertta Pierpaoli, Luca Usai, Giorgia Arena, Maria
Laura Bellocco, Andres Mossa, Edwyn Nori and Nicola Pasquetto
Artistic Coordination: Flavio Ferron
Graphics: Superpao, with collaborations of Michela Battaglin and Yuko Egusa

老鼠記者 Geronimo Stilton

竹林拯救隊

謝利連摩·史提頓
Geronimo Stilton

新雅文化事業有限公司
www.sunya.com.hk

目錄

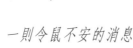

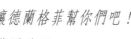

加塔多內‧加塔迪斯三世

貓島國王，海盜貓首領

奧斯卡‧托爾圖加

加塔多內的表弟，《貓尖叫日報》主編

格里特和彼特

海盜貓國王的雙胞胎子女

特爾希拉

海盜貓國王的大女兒

一則令鼠不安的消息

這是一個寧靜的秋日午後。每到周六，我總**愛**窩在家中的客廳裏，烤着暖烘烘的爐火，讀上一本好書……邊讀邊啜上一口熱茶……啊！真是**太愜意**了！太享受了！

真是太愜意了！

啊呀呀……我差點忘了自我介紹：我叫史提頓，謝利連摩・史提頓，經營着老鼠島上最著名的報紙——《鼠民公報》。

正如剛才所說，我正享受着一個**舒適**又**安寧**的下午。可就在這時，我家的門鈴響了。

叮**鈴鈴鈴鈴鈴鈴鈴鈴鈴鈴**！

咦？會是誰呢？

我可沒有相約過**任何鼠**呀！

我立刻跑去開門。啊，原來是我心愛的姪子班哲文。不過，他看起來好像一副**驚慌失措**的樣子！

「啫喱叔叔，不好了，發生了一件**可怕**的事！」

「你別急，班哲文，慢慢跟我說！」

「你快看啊！」

話音剛落，班哲文就把一份《老鼠日報》塞進了我的手爪：那是我的宿敵**莎莉·尖刻鼠**營辦的報紙。

頭版上的標題尤為醒目：

**超豪華度假村
即將在幸福羣島開建！**

班哲文一臉沮喪地對我説道：「這可真是一場天大的**災難**呢！要知道，幸福羣島可是老鼠島上僅剩不多的生態系統了，那裏未經開發而沒有受到污染。現在，為了建造這個度假村，不知道會有多少片**森林**遭到砍伐呢！而且到時候，一定會有成千上萬的旅客湧向那片沙灘，把它們**破壞**得面目全非的！」

　　我只好試着安慰他：「你先冷靜一下，班哲文，目前這還只是個**計劃**，我們一定能想到辦法的……再說，在這之前，幸福羣島還曾經遭遇過**海盜貓**的威脅，比這個還要可怕……要不是我和柏蒂·活力鼠……啊，這事可説來話長了……如果你想聽，那我就從頭開始！」

　　「好啊好啊，啫喱叔叔，你快説給我聽！」班哲文回應道。

　　就這樣，我開始把海盜貓的**故事**講給你們聽……

特爾希拉，
海盜貓國王的女兒

12

家道中落的……海盜！

從貓島上的皇宮裏，每天都會傳出歇斯底里的叫聲。不過，這天早晨在發出怒號的並不是國王**加塔多內‧加塔迪斯**三世，而是**祖斯波拉**——國王的媽媽！

「以前你父親還在世的時候，這個島上從來沒缺少過**金子**！他可不像你，成天只想着煙熏鯡魚，只知道**狼吞虎嚥！**」

她一邊氣勢洶洶地教訓着，一邊揮舞手中的扇子。

你父親還在世的時候……

「啊，*親愛的*媽媽，你難道沒看見，我連吃飯的時間也沒有了嗎？我已經變得和**鰻魚**骨頭一樣瘦了！」加塔多內回應道。

「來，你也來跟她説説！」國王轉身望向**畢波·米契斯**：他是所有議員裏最精明的那個，此刻正等着彙報。

「這是真的，王太后！為了應付龐大的

開銷，連國王都不得不開始節衣縮食，」畢波感歎道，「你看見那些堆積如山的紙張嗎？那可全都是需要支付的賬單啊！現在我們甚至連**跳蚤瞭望峯***上**哨兵**的工資都已經付不出了！」

「什什什麼？」加塔多內勃然大怒，朝畢波吼了起來：「你為什麼不早點告訴我呢？」

祖斯波拉不禁在一旁**唉聲歎氣**：「真是要命啊！唉，要是你父親能在這裏，那該有多好啊！他一定知道該怎麼做！」

「親愛的媽媽，我也知道該怎麼做。我一直**胸懷大志**，只是沒機會大展拳腳而已！這座城堡就是一個賊窩，到處都是**間諜**！」加塔多內鳴咽着說。

*在跳蚤瞭望峯上可以監視跳蚤軍團的一舉一動，防止他們入侵貓島。

「我看你真是沒希望了！」祖斯波拉一邊喊着，一邊摔門而出。

留在房裏的加塔多內只好拿可憐的畢波來出氣。他一把抓起那些已經發臭的**魚骨頭**，不停地朝對方扔去。

「庸才！難道你就是這麼幫我的嗎 ?！哼！我一定要弄些錢來！你快給我想出個辦

法……否則，我非拿你去餵**鯊魚**不可！」

　　「陛……陛下……」畢波一邊**結結巴巴**地說道，一邊躲到桌子後面，「你可以……」

　　「我可以怎樣?!」加塔多內大吼。

　　畢波拼命轉動起腦筋來。他必須想出**辦法**，擺脫眼下的困境！

心生一計

經過一番苦思，精明的畢波突然靈光乍現：「有了，陛下！你可以宣布，從今以後，金子將**一文不值**！」

加塔多內不禁上下打量起他：「依我看，畢波，你是蛤蜊酒喝得太多，腦子不清醒了吧！」

「沒錯……啊，不，陛下！你是國王，對不對？」

「你可以把這句話再說得更**大聲**一些！」加塔多內尖叫道。

「而你的話就是聖旨，對不對？」

「這不是廢話嘛！」

「那麼，你只需要向國民宣布，從今天開始，金子在整個貓島上將不再值錢！」

加塔多內的**鬍鬚**開始亂顫，尾巴開始**膨脹**，背上的皮毛也不禁**豎了起來**：「可……可是……如……如果金子不再值錢……」

「……會有別的東西取代它！」**畢波**迫不及待地說道，「這件東西對所有的貓來說都很稀有，只有你——尊敬的陛下——是例外！這樣的話，你就還是整個王國裏最**富有**的貓！是不是很簡單？」

和往常一樣，加塔多內什麼也沒聽懂，然而，也和往常一樣，一想到能塞滿自己的腰包，他就變得**樂不可支**……啊，簡直是欣喜若狂！

綠拇指！

一陣**沉重的**腳步聲把加塔多內拉回了現實。那是**笨佐．費利克斯**，一隻足足有**100**多公斤重的大貓，也是國王最信任的議員。

「你好啊，首領！你瞧，這是彼特和格里特送的**禮物**，多漂亮呀！」他邊說邊把一個

綁上了蝴蝶結的小盆栽和一小袋種子遞到國王面前。

「這是什麼玩意兒？」加塔多內一邊大嚷，一邊向那盆植物投上懷疑的目光，「可以吃的嗎？」

「那我先嘗嘗，然後告訴你，」笨佐回答道。

只聽咔嗒一聲……他咬下了一片葉子！

「呸！連一點魚的味道也沒有！啊，對了，彼特和格里特跟我說這是綠竹盆栽。它是一種珍貴的植物，又叫做『綠腳趾！』」

「是『綠拇指』啦……」畢波糾正他。

「可是你的兩個孩子並沒有向我

綠竹盆栽

彼特　　　　格里特

解釋，究竟該怎麼種植，我是説綠拇指⋯⋯難
道是用這些**種子**嗎？他們要我好好保管，這
東西在貓島上看來很稀有，只有一個地方可以
找到。」

聽到他這樣説，畢波不禁瞪大了**雙眼**：
「你快説下去，笨佐！在哪裏？這個如此特別
的地方究竟在哪裏？」

「在瓦爾貓谷，」他回答，「那裏有整座
島上唯一的一片**竹林**！」

竹子做的寶貝

加塔多內還沒有意識到，笨佐的發現是多麼有重要性。

「我可沒時間在這裏聽你的笨鼠話＊！真是見鬼，你居然要做起園丁來了！」加塔多內大聲吼道。

「尊敬的陛下，這可正是我們要尋找的解決方法，」畢波忍不住在加塔多內的耳邊小聲説道，「如果那種植物真的如此稀有，那麼你就可以用竹子的**竹莖**做硬幣，用竹子的葉片做**紙幣**⋯⋯」

---

*笨鼠話：在貓的語言裏就是「蠢話」的意思。

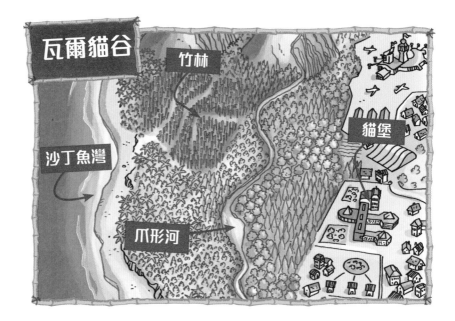

　　加塔多內的腦袋瞬間**運轉**了起來：一聽到「錢」，他便頓時豁然開朗。

　　「**太好了！**這正是我心裏的想法！」國王**得意洋洋**地說道。

　　「陛下！你的想法簡直無敵。不過在這之前，你首先要做的是：　第一　，把所有的竹種子據為己有；　第二　，砍去瓦爾貓谷的所有**竹子**，阻止別的貓擁有那些植物。這樣一

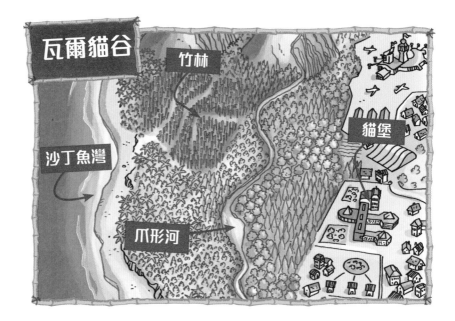

來，就只有你才能發財了！」

「發財，沒錯！發大財！這才是真正的 海盜貓應該從事的事業！」

加塔多內簡直心花怒放。

「畢波！快把我最信任的議員們召集到 議政大廳！」

「好的，陛下！」

「把那個要為我寫傳記的傢伙也叫來，就 是我的文化貓表弟，唉，反正就是……奧斯 卡‧托爾圖加。需要他的時候，總是不知 道在哪裏。快給我把他找來！」

我需要奧斯卡·托爾圖加！

沒過多久，奧斯卡·托爾圖加便氣喘吁吁地趕了過來。他是貓島上最著名的報紙——《貓尖叫日報》的主編。

「我的那個表哥加塔多內，這回又在搞什麼名堂呢？每次他**緊急**召見我，總是有什麼稀奇事兒需要公布！」奧斯卡心想。

「哎呀，我最最最親愛的奧斯卡！」加塔多內一邊大叫，一邊把嘴裏的蟹肉丸子噴到表弟的臉上。

「你趕快收拾收拾，有一項絕密的任務需要你參加！這可是我輝煌傳記裏

又一個嶄新的篇章，絕對**不同凡響**！話說回來，我的這本**傑作**，到底進展到什麼程度了？」

　　奧斯卡根本連一個字還沒開始寫。不過，他還是面不改容地撒謊起來。

　　「進展得很順利，非常順利，**國王表哥！**你的傳記絕對是不同凡響的！我正好需要一點新的寫作材料！請問這一回，我們又會去什麼好地方呢？」

　　加塔多內眉飛色舞，把有關**竹子**和新貨幣的事告訴了他！

　　「我以一千塊不脆的脆餅發誓！*」好奇的奧斯卡心想：「這是哪門子**荒唐的計劃啊……**這個加塔多內，怎麼總是這麼糊塗呢？他這樣可是會闖下大禍的……」

---

*在貓語中是「天啊！」的意思。

恰好就在這個時候，貓島議會的議員們抵達了大廳。

　　在他們當中有睿智的老者嘉圖‧可汗貓，有身材細長的米科‧詭知貓，還有齊秋斯‧範‧特里蓬，以及美麗的喵拉‧喵克斯、琪琪塔‧嘉蒂貓、澤諾比婭‧德‧嘉蒂斯和薇薇安‧拉‧夏特貓。

　　「各位議員！」加塔多內莊重地宣布道，「我，你們睿智英明的國王，想出了一個不同凡響的主意。你們仔細聽我說！」

木頭做的首飾？！

加塔多內詳細解釋了自己的計劃，然後拿出了那盆竹子：

「大家看，這就是新的金子！」

「這個加塔多內，總是喜歡開玩笑，」嘉圖·可汗貓不禁搖頭歎氣。

「我早說了，吃得這麼多，對他只有壞處！」琪琪塔·嘉蒂貓也忍不住表達了自己的看法。

與此同時，加塔多內已經大聲嚷嚷了起來：「　喵！　島上的所有金子將會被取締。也就是說，你們得把金子交給我，而作為交換，你們將會收到等值的⋯⋯」

　　「……等值的什麼?!」眾貓屏住呼吸,
異口同聲地問道。

　　「用竹子做的貨幣!這樣,你們就會和現
在一樣富有。我說明白了嗎?」

　　齊秋斯·範·特里蓬頓時火冒三丈,騰地
跳了起來:「什麼竹子不竹子的,這可是我所
聽過的最荒唐的笨鼠話……」

木頭做的 首飾？！

「沒有貓徵求你的意見，」加塔多內打斷了他，「你是不是想讓我送你一個免費的假期，讓你去城堡監獄好好待上一陣？」

「我還是比較喜歡螃蟹沙灘……」

「很遺憾，監獄才是你要去的地方……還有誰膽敢反對，就會和他的下場一樣！」

頃刻之間，所有議員全都改變了態度。

「國王的想法實在是妙極了！」

「真是太聰明了！木頭做的首飾可一直都是我夢寐以求的啊！」

「還有什麼能比用竹子打造的手錶更好的東西呢？」

「對！這年頭，寶石早就不流行了！」

加塔多內湊到奧斯卡身邊，自鳴得意地說道：「我是一名偉大的國王，嗯？快寫

下來！」

「這是當然，」

奧斯卡的語氣裏滿

是諷刺，「只是，

用一粒 **竹種子** 交

換一枚 **金幣**，這不

是回到了以物易物的

年代嘛！」

以物易物又怎麼樣！

「以物易物又怎麼樣！」國王咬牙切齒

地說。

隨後，他一把抓住笨佐說道：「我需要

貓島上的**全部**竹子。你馬上去找彼特和格里

特，讓他們把有關這些竹子的**全部**資料給我

一一說明。另外，你要是膽敢 **洩漏** 我的計

劃，那可有你好看的！聽明白了嗎？」

以物易物

幾個世紀以前，人們的買賣都是通過以物易物進行的，也就是交換物品或是交換服務。直到了公元前2,000至3,000年間，美索不達米亞平原上才第一次出現貨幣。在那以前，人們大多以手工打造的物品，或是大自然的珍稀產物作為貨幣，比如：

可可種子

在西班牙殖民者到來以前，中美洲和南美洲的阿茲特克人和瑪雅人都是使用**可可種子**作為交換的貨幣。

粗鹽

在古羅馬時期，**粗鹽**也是珍貴的東西，被用來支付士兵的工資。後來，這個習俗更引申出「薪水」*一詞，「薪水」即勞動者因其所做工作而獲得的報酬。

胡椒

在古羅馬時期，**胡椒**也是一種異常珍稀的商品，被用作錢幣進行交換。當年，西羅馬帝國向入侵的匈奴人和西哥德人支付了大量贖金，才得以苟延殘喘。在這筆贖金裏，除了金、銀之外，還包括了足足一噸的胡椒！

*在意大利文和英文「薪水」一詞是salario、salary，這就是衍生自拉丁文的「鹽」salem。

「是的，首領！」

「別怪我沒提醒你，絕不能讓那兩個小貓咪~~干涉~~這件事。清楚了嗎？」

最後，他轉身朝向畢波，遞了一張紙幣給他，說道：「現在繼續進行我計劃裏的**第二階段：**砍去瓦爾貓谷的所有竹子。你快拿這些錢去買些**伐木**的機器來！」

「請你原諒，陛下，我恐怕**5**個貓幣可能太少了……」畢波回答。

「你怎麼這麼礙嘴*！要是錢不夠，到時候我自己去付清！現在你們全都給我走開！**出去！**老鼠連續劇就要開始了！」

---

*礙嘴！：在貓語中是「很礙事！」的意思。

你是在找什麼東西嗎，小貓？！

畢波·米契斯急匆匆趕去了貓堡外圍的**垃圾處理站**。那裏是貓島上唯一的機器轉賣店。

店長的名字叫喵喵粉碎機，是一隻又**高**又**壯**的大貓。

「你是在找什麼東西嗎，小貓？」**粉碎機**看見畢波就問。

「你叫誰小貓呢？！我可是畢波·米契斯，國王的私人顧問，是國王親自派我過來的。我説，你這兒有沒有**伐木機**啊？要配得上國王的那種才行。」

「伐木機？讓我想想……」

粉碎機找出了一輛大型拖拉機，拖拉機的車頭裝着巨大的金屬刀片。

「我向你隆重介紹這台**伐林機！**」粉碎機一臉自豪，「三層刀片，強勁有力！第一層**拔起**樹樁，第二層將其**切斷**，最後，第三層會把它**轉變成**無數根細小的牙籤！」

「我怎麼覺得這就是一輛拖拉機呢？不過，要是它真有你說的這些功能，那也行！來，這裏有**5個貓幣**，餘款國王會付清的。」

你在打什麼主意？

　　與此同時，彼特和格里特正在他們的房間裏嬉戲打鬧。

　　「那根鱈魚味的棒棒糖是我的！」彼特叫嚷着跳上了自己的**滑板**。

　　「你怎麼這麼囉嗦！不就是一根棒棒糖嘛！」格里特回應道，「你有本事就過來，像個男子漢一樣，和我面對面地決鬥啊。我看你就是個**小氣鬼**，和爸爸一個模樣！」

　　「好！那你有本事就抓住我啊，」彼特踩着滑板**飛快地**衝了出去。

正當他用力撞開房門的時候……

砰！砰！砰！

不偏不倚，房門正好砸在**笨佐**的臉上！

這對雙胞胎兄妹連忙跑到那可憐的大貓身

邊，給他進行急救。

「對不起，笨佐！你還好嗎？」彼特問道。

「可是，你怎麼會在這裏呀？」格里特又問。

「也沒什麼，我只是碰巧經過。因為**加塔多內**想知道……啊，不，我是說，是我想知道……話說，竹子是很稀有的，對嗎？」

經過剛才這麼一撞，笨佐早已**頭暈轉向**。

格里特不解地回答道：「在我們島上，就只有瓦爾貓谷種有那些植物。可是，你為什麼會對這個問題這麼感興趣呢？」

「啊，我只是隨口問問！對了，如果，比如說，我想**砍掉**所有那些竹子，那要讓它們重新生長出來，我該怎麼做呢？」

雙胞胎兄妹**警惕地**對視了一眼：笨佐這樣吞吞吐吐，到底是要做什麼呢？每次他有這樣表現，就說明：在他背後一定隱藏着爸爸的**魔爪**！

兄妹倆決定用一連串的問題逼他招供。

「笨佐，」彼特最先發問，「該不會是你和**爸爸**正在密謀什麼壞事吧？」

嗯嗯嗯嗯……

「跟瓦爾貓谷又有什麼關係？你們到底在打什麼主意？」格里特又問。

因為害怕自己一不小心就會出賣加塔多內，笨佐只好憋着氣不吭聲，甚至連**呼吸**也不敢！

老鼠島上的竹林

彼特打開電腦，指着**鬍鬚百科全書**上的其中一頁，對笨佐說道：

「你看見那片竹林了嗎？要不是它，生活在那裏的許多**動物**就無法生存！比如短尾鸚鵡，牠們可是貓島上僅存的鸚鵡物種，就靠吃竹子的**種子**為生！要是沒有了竹子，牠們就得被迫飛去很遠的地方覓食，誰知道要去多遠……」

「比如**幸福羣島**的環礁，就在老鼠島上！」格里特叫道，「那裏也有一片竹林！」

彼特把視線轉回到屏幕上，可是突然……

砰砰 嘩嘩
嘩嘩

笨佐一句話也沒說，**拔腿就跑**，撞得椅子和其他家具散落一地！

「嘿～你這是要去哪裏啊？」格里特大叫。

竹子

竹子屬禾本科類植物，品種繁雜，多達千種。竹子的莖部可長達40米高，但也存在只有10厘米高的微型竹。

生長地域

竹子在熱帶地區尤為常見。它在各大洲均可適應環境自然生長，只有在歐洲需要通過人工種植。

有些竹類品種可以用來製作手工藝品，比如家具、農具、樂器，以及其他各種物品，還可以用來搭建橋樑與房屋。近年來，甚至還有研究指出，人們可以從竹子中提煉物質用作環保燃料。

你知道嗎？？？

竹筍是亞洲料理中一種非常重要的食材。它和竹種子一樣，是一些動物的營養來源。至於竹葉，則含有豐富蛋白質。

竹子
竹筍
竹種子

短尾鸚鵡

　　這種鸚鵡的體型細小，最重不會超過40克，身長約10多厘米，擁有黃綠色的羽毛，而雄鳥的脖子上還會有一處藍色的斑點。牠們主要居住在亞洲，除了吃花蜜、家禽糞肥與水果的果肉之外，竹種子也是牠們重要的食物。

奇趣知識

　　短尾鸚鵡在睡覺的時候，總是頭朝下倒掛在樹枝上，就像蝙蝠一樣。一旦遇到危險，這樣的姿勢可以讓牠們在最短的時間內振翅飛翔迅速逃離。

「我想他是要去爸爸那裏！」彼特回答她。

「你覺得他們是認真的嗎？他們不會真的打算砍去瓦爾貓谷裏的所有竹子吧？」

「我們必須採取行動保護那些竹子！」

「而且還得拯救老鼠島上的竹林！可是，我們究竟該怎麼做呢？」

「我們必須讓老鼠們小心提防！」

「可是，你覺得他們會聽我們這兩隻貓的說話嗎……」

「但他們一定會相信奧斯卡叔叔的！他是記者，就和那個有名的老鼠一樣……叫什麼來着……」

「叫謝利連摩·史提頓……」一把聲音在他們背後響起。

說話的是奧斯卡·托爾圖加。沒錯，他說的正是我，謝利連摩·史提頓。

讓德蘭格菲幫你倆吧！

於是，奧斯卡向兩個孩子講述了即將在瓦爾貓谷開展的行動以及有關竹子貨幣的**計劃**。這下一切都清楚了！

格里特連忙**央求**道：「請快幫助我們通知你的同行謝利連摩·史提頓吧。要是爸爸真想染指他們的那片**竹林**，一定會有大**麻煩**的！」

「你怎麼敢把那隻老鼠說成是我的『同行』？」

「他不是也經營着一家報社嗎？」

奧斯卡在鬍鬚下露出了微笑。雖然被我這樣的一隻老鼠**搶去了風頭**，可這件事一

定能為他的報紙提供一則**珍貴**的頭條專題。

　　「好吧，」他**歎了口氣**，「不過，去跟那隻老鼠說話的貓可不是我！我們還是去找你們的堂姐**德蘭格菲**幫忙吧！她很了解他，而且是**貓島**上唯一一位看過他作品的讀者！」

獎勵旅行

　　與此同時，就在**不遠處**的迷你跳蚤島上，跳蚤們針對貓島的新一輪**進攻**已經準備就緒。

　　島上的全體蚤民正排成整齊的隊伍，聆聽女王**阿芳尼特拉**的宣告：「我，至高無上的女王，**跳蚤**軍團的指揮，將要組織一場載入史冊的行動！」

　　「阿芳尼特拉萬歲！」跳蚤們齊聲高喊。

我，至高無上的女王……

女王一本正經地宣布說：「經過這麼多次的進攻，大家也辛苦了！為了犒勞各位將士，我決定，在向貓堡發動新一輪的進攻以前，請大家先去貓島的沙丁魚灣好好度假！」

　　「**女王萬歲！**」跳蚤們再次呼喊，隨後便開始齊聲唱起他們的戰鬥之歌：

我們是跳蚤，

你們是臭貓，

爪子我們有六條，

專門騷擾你們臭貓⋯⋯

你們還不趕緊逃跑，

因為我們很快就要來到！

特爾希拉的魔爪

另一邊，笨佐正穿過皇宮**城堡**的多條走廊，**奔向**加塔多內。他要把自己剛從雙胞胎兄妹那兒得來的消息彙報給國王。可就在轉彎的時候…… **砰咚！**

　　他和三隻貓撞個滿懷：他們分別是積克‧
歪鬍貓、約翰尼‧蝸牛貓，還有特爾希拉，也
就是貓堡裏最**精明狡猾**的貓團夥！

　　特爾希拉是加塔多內的大女兒，也是彼
特與格里特同父異母的姐姐。她是一隻**貪慕
虛榮**的貓，而她最大的嗜好就是搜刮更多的
財富。

　　看到笨佐這樣慌張，特爾希拉不禁好奇起
來：「你這是要去哪裏啊，笨佐？」

　　「我找到竹林了！啊，其實我是想說，我
要去**竹林**找加塔多內……」

　　「什麼？加塔多內在竹林裏？」

　　「喵！！不不不，沒有竹林。這是一個
秘密，我不能告訴任何貓……」

　　「笨佐！我是國王的女兒，你必須回答我
的問題！」

「這倒是，你說得對……可是，千萬記住了，不可以告訴任何貓，不然的話，加塔多內會**咬碎***我的！」

就這樣，笨佐向特爾希拉和盤托出了加塔多內的計劃，還有**彼特**和**格里特**的發現。

「這是多麼荒唐啊！居然用**竹子**取代金子！」蝸牛貓冷笑着說道。

「不管是不是荒唐，我們都必須搶在我父親之前，把島上的所有竹子據為己有！」**特爾希拉**對兩位朋友悄悄說道。

看到特爾希拉興趣盎然的樣子，笨佐突然說：「也許是我太多嘴了，可是你們幾個，一定要向我保證，不會告訴任何貓！」

「你就放心吧，我們一個字也不會說的！」歪鬚貓露出了**陰險**的笑容。

*咬碎：在貓語中是「消滅」的意思。

看到笨佐離開，特爾希拉立刻在腦海中盤算起了接下來的行動。

「原來在老鼠島上也還有一片竹林……很好，我會把所有種子都拿到手，這樣我就會變得比**爸爸**更富有了！」

呵，呵，呵！

「可是，特爾希拉，**老鼠島**這麼大，我們怎麼知道竹林在哪裏呢？」蝸牛貓問道。

特爾希拉**冷冷**白了他一眼：「用不着你擔心！只需要和那兩個小貓咪聊上幾句，就什麼都知道了。」

多可怕的貓……看樣子，特爾希拉是下定決心，非要在我們心愛的島嶼上找到那片**竹林**不可了！

值得敬佩的小貓咪

特爾希拉的第一步行動，是派蝸牛貓和歪鬍貓租來一艘**超高速**摩托艇。接着，她又從普通貓難以接近的「捉拿史提頓辦公室」(這個辦公室專門研究各種方法捕捉我的！)弄來了一張老鼠島的地圖。一切就緒後，她便急匆匆趕去了**彼特**與**格里特**的房間。

當她來到門口時，看見這對雙胞胎兄妹正和德蘭格菲，還有奧斯卡一起，在**電腦**的屏幕前交談着什麼。

「喲，我親愛的奧斯卡和德蘭格菲怎麼也在這裏？」特爾希拉心想。

「説不定他們就是在討論老鼠島上的那片竹林！不行，我得躲起來偷聽……」

此刻的老鼠島……

貓島位於鼠平洋的南端，從那裏航行十天，便能到達我居住的島嶼——老鼠島。島上有一座城市，叫妙鼠城，坐落着《鼠民公報》的辦公大樓。那可是我——**謝利連摩‧史提頓**經營的報紙。

此刻，我正和**柏蒂‧活力鼠**一起待在我的辦公室裏！

「我説，**啫喱**，『森林保衛行動』到底進展得如何？你打算在自己最新一期的報紙上刊登，對嗎，**啫喱**？」

「啫喱」是指我，謝利連摩。柏蒂就是這麼親切稱呼我的。我對她也很親切啊不，應該説……

　　我真的很喜歡她！柏蒂組織了一場保護**大自然**的運動。和以前一樣，這回，她又把我也一起拉了進來：「嘿，啫喱，你有沒有**寄出**新聞稿？還有行動發布會，全都準備就緒了嗎？**特刊**什麼時候會出版呀？我正忙着準備我的電視轉播，你也不能閒着啊！」

「呃，這個……這是當然啦，」我回答道，「我基本上都做好了，現在正寫明天報道用的**文章**，然後……」

就在我向柏蒂一一陳述自己已經完成和即將完成的事項時，**電腦**的海盜貓警報突然閃爍了起來！

「**我以一千塊莫澤雷勒乳酪的名義發誓！究竟發生了什麼？**」

海盜貓出現！

　　我被電腦的警報嚇得差點暈了過去：「居然有真貓試圖和我取得聯繫！看！有視訊通話的信號⋯⋯天啊，多可怕的貓！」

　　好不容易，我終於鼓起勇氣，接受了通話請求。

　　貓島離這兒很遠。不過，因為有了視訊

通話，我們就好像在同一個房間裏面對面聊天一樣。出現在屏幕上的，是**德蘭格菲**：「早安，史提頓先生！」

我立刻聽出了她的聲音，放下了心頭大石：「早安，小姐！見到你真是太高興了，雖然……是**遠程**！」

「你怎麼會認識那頭**流浪貓**？」柏蒂酸溜溜地問道。

「她是我最忠實的貓讀者！」我向柏蒂解釋道。

「和我最喜愛的作家交流，總能讓我靈感**思潮澎湃**！而且你又是這麼真誠，這麼正直，這麼善良。我得作首詩好好歌頌你……」

「嘿，我們能不能**長話短說**？」奧斯卡突然打斷了她，「現在可不是吹捧你偶像的時候……」

事實上有些**甜言蜜語**讓奧斯卡受不了的，尤其是德蘭格菲對我說的讚美的說話，因為從某種程度上說，我可是他的同行！

和奧斯卡的反應不同，雙胞胎兄妹倒是對**柏蒂·活力鼠**熱情有加：「早上好，活力鼠小姐。見到你真是**太好了**！我和我妹妹都超級喜歡你那些關於自然環境的電視節目，真是**精彩極了**呢！」

早安，史提頓先生！

　　柏蒂喜出望外：「真的嗎？我很高興你們喜歡。對了，我該怎麼稱呼**你們**呢？」

　　「我叫彼特，她是我妹妹格里特。」

　　「看見了沒，啫喱？可不光只是你有貓咪**崇拜者**，我也有！」柏蒂得意地說道。

　　隨後，這對雙胞胎兄妹便將有關瓦爾貓谷的行動告訴了我們，還通知我們，老鼠島上的**竹林**同樣面臨着**危險**。

早安，小姐……

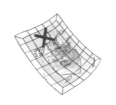

誰在那裏?!

正當大家絞盡腦汁設法阻止**加塔多內**的時候,奧斯卡卻在房間裏不停地來回踱步:他仍在回想剛才德蘭格菲對史提頓說的話:「什麼甜言蜜語?!聽得我一身雞皮疙瘩!而且,居然還是對一隻**小老鼠**說?!」

就在這時,從門後突然傳來了動靜。

奧斯卡連忙**衝了出去**。他一眼就認出了特爾希拉!只見她那條標誌性的尾巴正悄悄**消失**在走廊的轉角後面。

他再低頭一看,發現地上有一枝紅筆,還有一張老鼠島的地圖⋯⋯

「什麼回事?」德蘭格菲問。

「特爾希拉在**偷聽**我們！」奧斯卡回答道。

他把特爾希拉丟下的**地圖**拿到大家面前：「她一定是聽到了我們的談話，聽到有關**幸福羣島**上的竹林！」

彼特和**格里特**立刻衝向窗邊。他們看見姐姐正悄悄朝港口的方向溜去。真不知道，她究竟在打着什麼壞主意……

真是夠了！

與此同時，我一直都等候在視訊通話的另一端。因為聽見了剛才的喧鬧，我不禁問道：「發生了什麼事？」

彼特告訴我說：「特爾希拉就快出發前往你們的島嶼了！她要霸佔竹子的種子！」

「什麼？有貓要來我們島上?!」我大驚失色。

「阻止她到達幸福羣島的任務，就交給我們吧！你們不用擔心！」柏蒂·活力鼠胸有成竹地說道。

「與此同時，我們就想辦法去參加爸爸的遠征團。我們不會讓他得逞的！」格里特說。

真是 夠了！

　　這時，**德蘭格菲**湊到屏幕前：「我們還會再聯繫的，對嗎，史提頓先生？」

　　聽到這句話，奧斯卡不禁**唉聲歎氣**。他伸出**爪子**，一下拔掉了**電腦**攝影鏡頭的電線。

是誰偷走了鑰匙？！

　　天色剛矇矇亮，一條長長的**海盜貓**隊伍便集結在貓堡的主幹道上。

　　加塔多內已經坐進了自己**舒適**的轎子：「我說你們兩個**小貓咪**，帶你們一起出遊，是不是很開心？」他問雙胞胎兄妹。

　　「當然啦，老爸，外面有**陽光**，有**純淨的空氣**，還

是不是很開心？

有那麼多的 綠色植物……我們簡直迫不及

待了呢!」格里特回答道。

　　加塔多內之所以會把這對兄妹帶在身邊,

是希望他們可以幫助自己找到 竹子,只是他

全然不知,其實他們早就打了別的主意……隨

後,國王轉向身後的僕從說:「記住絕不能讓

任何貓發現我們的行蹤!我們必須假裝是去睡

覺。你們都穿好 拖鞋了嗎?」

　　一眾海盜貓連忙點頭,並紛紛 抬起

腳爪,向國王展示起五花八門的拖鞋。

　　「好!發動引擎吧,不過一定要小聲……」

轟隆隆　格隆隆　轟轟　轟

儘管加塔多內已經作出警告，隨行的汽車引擎卻同時發出了震天巨響。這時，國王又轉身看向奧斯卡。可是，在這樣**震耳欲聾**的響聲中，兩隻貓根本就聽不見對方在說些什麼：「奧斯卡，我要讓你親眼見證，這次的行動是有多麼**偉大！**」

　　「你說什麼？你說誰是**大塊頭？！**」奧斯卡不服氣地喊道。

　　「這將是多麼**輝煌的一頁**，　奧斯卡，我要我要你好好寫上**一整本書！**到時候，隨書還可以附贈一件**汗衫**。」

　　「啊，不不不！這**汗味**不是我的！」

突然，有很多隻穿着睡衣的貓從道路兩旁的窗口探出腦袋：「到底喵夠了沒有＊？」他們齊聲喊道。

「這裏可還有貓需要睡覺！」

「真是膽大包天！你們快下車，去把那些刁民給我扔進監獄！」加塔多內命令道。

僕從們立刻關閉了引擎。可就在這時，無數件物品突然從窗裏扔出，如同暴雨一般砸在海盜們的身上：鍋子、茶壺、鞋子、電器⋯⋯什麼都有。

「撤退！我們快走！快走！發動引擎！」國王大叫。

「不好了，陛下！伐林機的鑰匙不見了！」畢波六神無主，結巴着説道。

＊喵夠了沒有：在貓語中是「吵夠了沒有」的意思。

「是誰偷走了鑰匙?快給我把罪犯找出來!」

站在一旁的彼特與格里特只是假裝若無其事:為了阻止遠征團前進的腳步,他們已經把鑰匙藏了起來。

只是沒想到,在經過一番折騰之後,突然有隻貓大喊:「我找到了備用鑰匙!」

不過,可別以為彼特與格里特就會因此而灰心喪氣。他們已經想好了另一個計劃。

各就各位

加塔多內與他的手下們日夜趕路。第二天
早晨，他們經過了沙丁魚灣。此時，跳蚤軍團
的士兵們正六爪朝天地躺在沙粒中，享受着
女王獎勵給他們的假期。

　　然而，機器履帶運行的**噪音**與大地的**顫抖**卻把他們嚇得跳了起來。

「什……什麼東……東西這這麼吵?!難道是地震?!」　阿芳尼特拉驚叫道。

　　「我……我的女……女王，」一隻裹着**碎花**毛巾的跳蚤喊道，「我們已經確……確認，不是地……地震，是貓……貓首領和他的手……手下們！」

　　「我以全部的貓毛發誓，那一定是加塔多內！真是天上掉下了餡餅！快！大家各就各位，做好**進攻**的準備！注意，千萬不能讓貓發現我們沒穿軍裝，不然，這將會是我們軍隊的**奇恥大辱**！」

詭異的窸窣聲……

加塔多內的 **遠征團** 終於抵達了竹林。

雙胞胎兄妹早就下定決心，誓死保衛瓦爾貓谷。他們已經在 **竹子** 間綁上了 **巨大的** 抗議橫幅。他們絕不允許加塔多內的機器踐踏這片竹林！

「你們兩個可真是十足的 **爛尾巴鬼** *。我就知道不能相信你們！趕快給我讓開，否則這一回，我絕不會讓你們有好魚吃！**」加塔多內命令道。

一把 **女性** 的聲音突然在他身後響起：

「我想你應該不敢做這樣的事，對吧?!」

*爛尾巴鬼：在貓語中的意思是「討厭鬼」。
**我絕不會讓你們有好魚吃：在貓語中的意思是「我絕不會對你們客氣」。

原來是**德蘭格菲**。

「你又是從哪兒冒出來的?!」貓島國王大驚失色。

「我**偷偷地**一路跟着你們,就是想看看,我的叔叔到底真如大家所說,是位英明的君主呢,還是……」

「還是什麼?!」加塔多內迫不及待地問道。

「還是大自然和它兒女們的**敵人!**」德蘭格菲一口氣說道。

我想你應該不敢做這樣的事,對吧?!

「你們真是目中無貓*了！」貓王怒不可遏，「為了區區幾棵樹，你們還有完沒完……」

就在這時，一陣詭異的窸窣聲突然從樹林間傳來，打斷了他的話，彷彿有無數隻咖啡色的小點，正從一根根高聳入雲的竹竿上撲面而下。

＊目中無貓：在貓語中的意思是「無法無天」。

衝啊！

　　頃刻之間，由**阿芳尼特拉**率領的軍團已經降落在海盜貓們的身上。

　　「**衝啊！**」女王高聲喊道。

　　「什……什麼，是**跳蚤！**」加塔多內頓時目瞪口呆，「快逃命！」

　　「這些傢伙不可能是跳蚤，瞧瞧它們，穿的可是**泳裝？**」**笨佬**叫道，「還有那毛巾，看着怎麼像是迷你裙！」

　　「那你倒是跟我說說，為什麼我會撓個不停，簡直像頭流浪貓，像一團**毛球！**」加塔多內大發雷霆。

「我以一千塊不脆的脆餅發誓，你說的是真的：現在連我也覺得渾身發癢了！他們真的是……**跳蚤！！！**」

衝啊！！！

好貓不吃眼前虧！

　　國王與他的手下們全都被嚇得驚慌失措。

「**好貓不吃眼前虧**，快逃！」加塔多內邊喊邊撓着自己的身體，「我說，為什麼**跳蚤瞭望峯**沒有發出警報？!」

　　「陛下，我早就跟你說過，我們已經發不出哨兵的工資了，所以那些傢伙早就跑了！」畢波回答。

　　「癢死我了，首領！」笨佐直嚷嚷，「我再也受不了了，我要跳河！」

　　「別給我說**鼠話**！」加塔多內大聲呵斥道，「這兒哪裏有河？」

　　「啊，沒錯……那我就跳海！」

「這裏沒有海，你這個**毛球**！」

與此同時，雙胞胎兄妹、奧斯卡和德蘭格菲正躲在**伐林機**後面的角落裏，暗中觀察着眼前發生的一切。

奧斯卡在鬍鬚底下露出了微笑：「很快就會有大驚喜降臨啦⋯⋯在出發之前，我已經給『鬍鬚網』打了電話。他們很快就會到達的！」

從瓦爾貓谷傳來的現場直播

片刻之後，從灌木林後真的冒出了「鬍鬚網」的攝錄機！

一位**打扮優雅**的貓女士理一理自己的皮毛，隨後便在鏡頭前開始報道。此刻，跳蚤軍團的攻擊並未減弱，所以她只好同站得遠遠的。

「親愛的海盜貓朋友們，歡迎收看『*貓咪直擊*』，我們現在身處的位置是瓦爾貓谷！」女記者說道，「根據一位不願透露姓名的觀眾所提供的信息，我們已經來到事發現場進行全……國……獨……家報道，為各

位採訪這場特別的襲擊行動！被襲擊的受害者是我們英勇無敵的國王，而另一方則是**可怕的**、**地獄般的**、**冷酷無情的**……跳蚤！」

「沒錯，請看，正是跳蚤！**數十隻**，**數百隻**，**數千隻**的跳蚤正身穿……*身穿泳裝？！？*」

眾跳蚤，聽我命令！

　　攝錄機的出現也惹起了跳蚤軍團的注意。

　　「啊，不！電視台來了！」阿芳尼特拉大驚失色，「絕不能讓跳蚤島上的臣民通過衛星看見我們身穿泳裝發動進攻的樣子！眾跳蚤，聽我命令！全體返回狂蚤城*！」

　　加塔多內總算是逃過一劫。

　　「我們成功給那些臭貓來了一個下馬威，已經很不了起了！就是要讓他們知道，在這個島上，我們想來就來，想走就走！」女王最後說道。

　　就這樣，跳蚤士兵們停止了進攻：他們有的把從加塔多內身上扯下的一絡絡皮毛夾在

*狂蚤城：是跳蚤島的首都。

爪子底下，有的則已經在笨佐**柔軟的**皮毛上躺了下來。

隨後，跳蚤們兩隻一組，排着整齊的隊伍**返回了**自己的島嶼。

……他們有的把從加塔多內身上扯下的一綹綹皮毛夾在爪子底下……

有的則已經在笨佐柔軟的皮毛上躺了下來！

加塔多內萬歲！

看見跳蚤撤退，加塔多內終於**鬆了口氣**。

可是很快，一把聲音響起聲量大得幾乎快要**刺穿**他的耳膜：「親愛的觀眾朋友們，這位就是我們英明睿智的國王。現在就讓我們來採訪一下他。請問，你為什麼會和這個奇怪的**機器**一起出現在這裏呢？為什麼，跳蚤軍團能夠大搖大擺地出現在貓島呢？」

「這個……我……」

加塔多內實在無言以對，幾乎就要鬧出一個**不同凡響**的大洋相來。

正當女記者對他窮追不捨時，**彼特**與**格里特**擋在國王的面前。

　　「我們親愛的爸爸今天已經很累了。他一向**低調**，所以並不想過分炫耀這件事！其實，國王來這兒是為了抵禦跳蚤們的攻擊，保衛我們心愛的貓島！」彼特邊說邊向父親眨了眨眼。

拯救
瓦爾貓谷！

聽到兒子這樣說，加塔多內的心都快**融化**了：看來，這兩隻小貓還是很愛自己的！

格里特又在一旁補充道：「不僅如此，我們的父親還有一項聲明需要發表⋯⋯」

「啊？！什麼？！這個⋯⋯」加塔多內一頭霧水，**支支吾吾**。

「快點，親愛的爸爸，別害羞嘛！瓦爾貓谷的**竹林**是一筆珍貴的財富，所以，**加塔多內·加塔迪斯三世**，貓島的國王，將宣布在瓦爾貓谷成立自然保護區！」

「對吧，爸爸？」彼特問。

「你們這些小貓咪⋯⋯」加塔多內咬牙切齒地說。

大家一聲不吭，全都默默等待着國王的回答。唉，加塔多內終於知道自己已經無路可

走。於是，他只好擠出一個大大的微笑，說完了剛才講到一半的話：「你們這兩隻機靈的小貓，說得沒錯！事實的確如此！」

格里特不禁高喊：「那麼現在，就請大家為了我們的父親，高喊3聲『萬歲』，國王把我們從跳蚤的魔爪裏救了出來！」

萬歲！
萬歲！
加塔多內萬歲！

恰好就在那一刻，成羣的鸚鵡也振翅飛向空中。經歷了這樣的劫後餘生，他們也需要好好慶祝一番呢！

什麼？多少錢？

　　此刻的加塔多內，已經開始擔憂，究竟該如何收拾這場有關<u>竹林</u>的殘局！然而，他的麻煩還遠不止這一樁⋯⋯

　　「尊敬的陛下，」一個**沙啞**又**深沉**的聲音突然在他的背後響起，「請問會由誰來跟我結賬呢？」

　　聽到「結賬」這兩個字，加塔多內不禁大發雷霆：「是誰在*劈啪亂打*＊？什麼賬？」

　　當他轉過身去，看見**喵喵粉碎機**就出現在自己的面前時，不由覺得身體一陣發涼。沒錯！國王曾派手下去採購**伐林機**，卻還沒

＊*劈啪亂打*：在貓語中的意思是「趁火打劫」。

_____

把賬給付清！

「一共是300,000貓幣，」喵喵說道。

「可……可是，這些已經是國庫裏剩下的全部資金了！」加塔多內直嚷嚷起來。

「你應該還是有錢付給我的，對吧！」粉碎機邊說邊向國王展示起一身可怕的肌肉。要知道，他可曾是一名摔跤運動員呢！

多麼悲慘的一天

　　加塔多內和喵喵粉碎機磨了半天，最後終於還了一個好價錢。此刻，他已經回到貓堡。

　　「這是多麼**悲慘的**一天啊！」他一邊抱怨，一邊走進了皇宮，「幸好現在，我終於回到了自己的窩！什麼竹林、小貓、跳蚤、電視直播、結賬，全都給我見鬼去吧！」

　　正當他心不在焉吃着麻辣鯊魚**脆餅**的時候，突然聽見有母貓的叫聲從走廊傳來。

　　「你這個**好吃懶做的傢伙！**到底在哪裏？！」啊！是祖斯波拉！她正從自己的房間快步走來。

加塔多內將裝有脆餅的袋子迅速塞到沙發椅的**坐墊**底下，然後試着找地方把自己藏起來。

　　「她**永遠**不會知道我在這裏……」加塔多內心想。

　　「你把頭埋在那下面幹什麼？難道是想**躲起來嗎？!**」

沒錯，我們這位海盜貓首領，貓島的國王，不怕**驚濤駭浪**的船長，貓堡的主人，正嘗試着鑽到書枱底下。可是，他的**體型**實在太大了！所以，**圓滾滾**的身體足足有一半是露在外面的！

　　「你好啊，**親愛的媽媽**！我正在尋找我的帽子呢！」加塔多內從書枱底下探出了腦袋。

　　國王的媽媽**歎了口氣**，然後⋯⋯

咔嚓！

　　不偏不倚，她重重地坐上那藏有鯊魚脆餅的坐墊上！

　　「你聽見了這聲音沒有，**咔嚓咔嚓**

的，真討厭！依我看，你得把這些破沙發全都給扔了！像你父親那樣的**貴族貓**，可是每個月都要把家具翻新一次的！」

因為擔心母親會**發現**麻辣鯊魚脆餅，加塔多內不得不順着她的意思：「你說得對，親愛的媽媽。這些沙發椅確實需要換了！」

話音剛落，豆大的淚珠便從他的臉上滴落而下，因為他心愛的脆餅全都碎成了粉末！他那可憐的、不幸的、美味的鯊魚脆餅，已經淪為了碎屑！

　　媽媽剛一轉身離開，加塔多內便嚎啕大哭了起來。

「不！啊啊！！！！！」

　　「我以一千隻虎斑貓發誓！」祖斯波拉感歎道，「你真有這麼在乎那把沙發椅嗎?!」

竹林得救啦！

　　與此同時，在皇宮的另一端，卻是一番截然不同的景象：**彼特**與**格里特**正興高采烈地與奧斯卡，還有德蘭格菲一起討論。

　　「太好了，竹林總算是得救了！」格里特興奮地說道。

　　「居住在竹林的動物們也安全了呢！」彼特同樣開心。

　　「沒錯，」德蘭格菲也加入了對話，「不過，現在還有一個問題懸而未決，那就是：不知道**謝利連摩**能不能阻止特爾希拉的進攻呢？」

森林得救啦！

「天啊！我們差點把她給忘了！」德蘭格菲與雙胞胎兄妹不禁憂慮地看向彼此。只有奧斯卡表現出一副不以為然的樣子：「你們可真是千方百計要提起那隻小老鼠！」

「謝利連摩是一隻能幹的老鼠，可特爾希拉也是一塊難啃的**骨頭**！」**德蘭格菲**很是擔心。

「快！去我家吧！我們打電話給謝利連摩，免得再被**偷聽**！」

當他們一**到達**公寓，德蘭格菲便帶雙胞胎兄妹參觀了自己的圖書室。

你們可真是千方百計要提起那隻小老鼠！

面對如此浩瀚的 書 海 ，彼特與格里特不禁目瞪口呆。

「快看啊 ，格里特！」彼特忍不住叫了起來，「都快和奧斯卡叔叔的圖書室一樣大呢！」

「你們還沒看到另一間呢，」德蘭格菲一邊回應，一邊從書架上抽出了一本書。

只見書架慢慢旋轉，露出了一座真正的寶庫……

這裏是我的全套書籍收藏！

「啊！！！！！！」

雙胞胎兄妹不禁張大了嘴巴。

這時，德蘭格菲把一本書拿到他們面前，

一臉自豪地說道：「這是他的最新出版的**暢
銷書**，不過你們可千萬記住，絕不能跟任何
貓提起！對於一隻海盜貓來說，閱讀 書 本 可
是有傷貓類尊嚴的，更別說那些書還是一隻老
鼠寫的。這事如果傳出去，是沒有貓**能夠接
受**的！」

德蘭格菲關上了她的秘密書架：「現在我
們趕快打電話給謝利連摩，看看他和你們的姐
姐到底如何交鋒。」

　　她撥通了 ，叮鈴鈴，很快，《鼠
民公報》編輯部的電話就響了起來。

　　接電話的，正是如假包換的謝利連摩，也
就是我這個鼠。

　　「親愛的德蘭格菲小姐，那可真是一場難
以置信的冒險！現在就讓我一五一十地來告
訴你們吧……」

老鼠島上究竟發生了什麼事？

在和貓島結束了通話連線之後，我便和柏蒂開始研究計劃，試圖阻止**特爾希拉**！

我們知道，剩下的時間已經不多，所以根本無法把整座幸福羣島圍住。

「有了，**啫喱！**」柏蒂把羣島的**地圖**攤開在我面前，「彼特與格里特不是說，特爾希拉會開**超高速**摩托艇過來嘛。那我們就在這兩塊岩石之間拉一張結實的金屬網，把她攔下來！」

「這是個好主意。不過，如果想把她引到那兩塊岩石中間，那就需要美味的魚餌，必須是貓無法抗拒的東西……」

「一隻肥碩的老鼠！比如，你的表弟賴皮！」

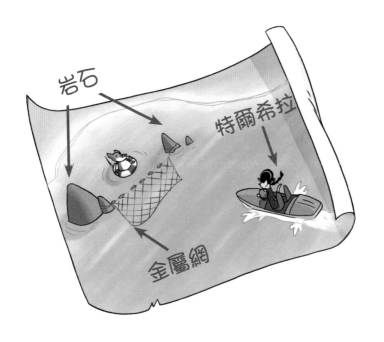

岩石

特爾希拉

金屬網

「賴皮?!」我憂心忡忡地回答道,「他才不會同意做這樣的事呢!」

「好吧,那就沒有其他選擇了,謝利連摩,現在只有你可以做我們的**魚餌**了!」

「什麼?!!!」

「當然啦,**啫喱!** 還有誰會比你更適合勾起那羣流浪貓的食慾呢?你這隻老鼠也還算肥碩,而且又那麼**出名**。就算在幾公里之外,他們也都能立刻認出你來!」

我簡直不敢相信自己的耳朵。柏蒂……我**心儀的**柏蒂,居然要把我扔去餵那羣**海盜貓**!

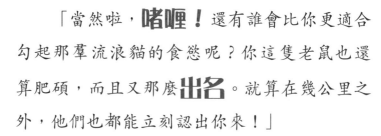

「但是我不會游泳啊,而且……」我試着讓她改變主意!

「噢?不會嗎?沒關係的。

你只需要，嗯……浮在水上！」

「怎麼浮啊？」

「我都已經想好了，啫喱！」柏蒂想讓我安心，「你套個救生圈就行。」

「但是說真的，我……」

「沒有但是，啫喱！這件事可關係到老鼠島上的所有竹子！你該不會是想臨陣脫逃……」

「我才不會。只是，我要做的是拯救老鼠島，而不是成為那羣貓的食物！」

「你看着吧，這金屬網絕對可靠！相信我，啫喱！」

好吧，事已至此，我可不想讓老鼠島上

的鼠民還有⋯⋯柏蒂失望。

　　於是第二天，我們兩個就去了環礁準備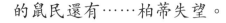金屬網。我們本以為還剩下一些時間的，可誰知，柏蒂的檢測系統很快就顯示：特爾希拉的摩托艇已經離我們不遠了。

　　我立刻鑽進了自己的救生圈，柏蒂則躲到礁石的後面。

　　只聽見特爾希拉和她朋友們的叫聲從摩托艇上傳來：「左舷方向有肥老鼠出現！」歪鬍貓喊道。

　　「我看見了！快，快加速！」蝸牛貓回應。

　　「不要要要要要！你們別往⋯⋯」

咔！

特爾希拉還來不及把話説完，摩托艇的**螺旋槳**就已經被金屬網**纏住**了。快艇終於停了下來——就在距離我幾米的地方。好險啊！

特爾希拉與她的朋友們不得不中止計劃。

「你們這兩個**流浪貓**廢物！」特爾希拉咆哮道，「簡直一無是處！快去給我準備**水上**摩托車，立刻返回貓堡！」

就這樣，我和柏蒂成功阻止了特爾希拉和她的**爪牙**。

氣急敗壞的貓！

聽完故事，德蘭格菲、奧斯卡與雙胞胎兄妹正準備掛斷電話。就在這時，從街上傳來了**怒氣沖沖**的貓叫聲。

是特爾希拉、歪鬍貓與蝸牛貓。他們正從港口走來。

喵嗷嗷嗷嗷！

「都怪你們，兩隻沒出息的**流浪貓**：你們根本管不住自己的嘴！」

「可是特爾希拉，」蝸牛貓回應道，「我們**海盜貓**已經有幾個世紀沒嘗到過一隻真正的老鼠了，你看那一隻，就活生生出現在我們面前！」

「無知的蠢貓……居然連汽油都沒加夠，害得我足足游了1公里！知道我是誰嗎？我可是國王的女兒！從現在開始，別再讓我聽見你們開口說話！」

特爾希拉簡直氣得冒煙，而她把所有的怒火，都撒在自己的兩個手下身上！

一座全新的自然保護公園

聽完了我的故事，班哲文不禁捧腹大笑：「太好玩了，謝利連摩叔叔，特爾希拉真的這樣**暴跳如雷**嗎？」

「當然啦！」我回答道，「反正，我和柏蒂成功**攔下了她**，並拯救了幸福羣島。所以，你看着吧，這一回，我們同樣能夠阻止破壞行動，保衞這片島嶼的**自然生態環境！**」

我們一定會成功的！

班哲文似乎不太相信：「可是我們又能怎麼阻止呢？如果開建度假村的消息已經在《老鼠日報》上**公布**，那就說明不久之

後，**施工**就會開始……」

「誰說的？何況，就算那個莎莉發布了

一篇**獨家新聞**，可誰又知道這則消息是真

是**假**呢！聽着，我們現在馬上採取行

動……

謝利連摩的
拯救幸福羣島
計劃

1) 先確認在幸福羣島發展興建度假村的
消息是否屬實。

2) 如果屬實，就立刻聯繫「老鼠環境組
織」——老鼠島上最有影響力的環保組
織，然後和他們一起號召島上的所有鼠
民，發起抗議，反對這項破壞環境的行
動！

3) 通過《鼠民公報》組織簽名活動，把
幸福羣島變成一座自然保護公園！

班哲文終於開懷大笑。

「太好啦，謝利連摩叔叔！這真是一個**不同凡響**的計劃呢！我們一定能阻止海盜貓的！你真是太偉大了！」

此刻，我的心情不禁激動澎湃，鬍鬚也因此打起顫。啊，又一場新的**冒險**即將開始啦！

妙鼠城

老鼠島

1. 大冰湖
2. 毛結冰山
3. 滑溜溜冰川
4. 鼠皮疙瘩山
5. 鼠基斯坦
6. 鼠坦尼亞
7. 吸血鬼山
8. 鐵板鼠火山
9. 硫磺湖
10. 貓止步關
11. 醉酒峯
12. 黑森林
13. 吸血鬼谷
14. 發冷山
15. 黑影關
16. 吝嗇鼠城堡
17. 自然保護公園
18. 拉斯鼠維加斯海岸
19. 化石森林
20. 小鼠湖
21. 中鼠湖
22. 大鼠湖
23. 諾比奧拉乳酪峯
24. 肯尼貓城堡
25. 巨杉山谷
26. 梵提娜乳酪泉
27. 硫磺沼澤
28. 間歇泉
29. 田鼠谷
30. 瘋鼠谷
31. 蚊子沼澤
32. 史卓奇諾乳酪城堡
33. 鼠哈拉沙漠
34. 喘氣駱駝綠洲
35. 第一山
36. 熱帶叢林
37. 蚊子谷
38. 鼠福港
39. 三鼠市
40. 臭味港
41. 壯鼠市
42. 老鼠塔
43. 妙鼠城
44. 海盜貓船

《鼠民公報》大樓

1. 正門
2. 印刷部（印刷圖書和報紙的地方）
3. 會計部
4. 編輯部（編輯、美術設計和繪圖人員工作的地方）
5. 謝利連摩·史提頓的辦公室

老鼠記者 Geronimo Stilton

與老鼠記者一起
歷奇探險走天下！

親愛的鼠迷朋友，
下次再見！

謝利連摩・史提頓

Geronimo Stilton